살아가는 길

1판 1쇄 발행 2024년 12월 09일

지은이 강태용

교정 주현강 **편집** 김해진 **마케팅·지원** 김혜지

펴낸곳 하움출판사 **펴낸이** 문현광
이메일 haum1000@naver.com **홈페이지** haum.kr

블로그 blog.naver.com/haum1000 **인스타** @haum1007

ISBN 979-11-94276-42-5 (03810)

좋은 책을 만들겠습니다.
하움출판사는 독자 여러분의 의견에 항상 귀 기울이고 있습니다.
파본은 구입처에서 교환해 드립니다.

살아가는

길

———

강태용

인간은 인간 속에 살아가며 숨 쉬는 사회적 동물이라
아무리 인품이 뛰어나고 많이 알아도 가정을 등지고
사회생활을 하지 못한다면 그는 죽은 사람이나 다름없습니다.

길을 가는데 뒤에서 본인의 이름을 부르며 뛰어오는
사람이 있다면 그대는 인생을 참 잘 살아오셨다고 말할 수 있습니다.

가정에서부터 학교를 거쳐 사회로 나오는 경로에서 나보다 남을
의식하고 배려하며 살아왔다면 어디를 가나 인정받고 칭찬받으며
살아갈 수 있을 것입니다.

내가 있기 때문에 남이 있는 것이 아니고 남이 있기 때문에 내가
존재한다고 생각하며 상대를 대한다면 상대도 그대를 인정하며 가까
워져
마음과 마음을 주는 사이가 될 것입니다.

이번에 제가 《살아가는 길》이라는 제목으로
시집을 내게 되었습니다.

사람과 사람과의 관계, 참 중요하지요.
사람 때문에 괴로워하고 사람 때문에 즐거워하는 인생,
하루도 사람을 등지고 살 수 없는 것이 인생살이 아니겠습니까?

저는 인생살이 체험과 경험에서 솟아 나오는,
뼛속에서 우러나오는
그런 시로 독자 여러분들과 함께 어울려 가려 합니다.
여러분들의 힘찬 응원 부탁합니다.

독자 여러분들의 힘찬 응원이
자신감을 주고 큰 힘이 됩니다.
많은 관심 있으시리라 믿습니다.

감사합니다.

2024. 12.

【내용에 따른 분류】

★. 시의 3대 장르

1. 서정시

시인의 사상 감정을 서정적 주관적으로 읊은 詩

2. 서사시

국가나 민족의 역사적 사건에 얽힌 신화나 전설 또는 영웅의 사적 등을 읊은 시

3. 극시

희곡 형식으로 쓰인 시

【시의 형식에 따른 분류】

1. 정형시(定型詩)

자수, 구수, 음의 성질에 따른 위치 등이 일정하게 정해진 시

2. 자유시(自由詩)

정형적 운율이나 시형에 구애되지 않고 자유로운 형식으로 사상을 나타낸 시

3. 산문 시

산문체로 쓴 시, 내재율은 가지나 행과 연의 구별이 없음

★. 시의 표현법

1. 비유할 때(비유법): 직유법, 은유법, 의인법

2. 강조할 때(강조법): 과장법, 반복법, 영탄법

3. 변화를 줄 때(변화법): 도치법, 설의법, 반어법

詩는 言語의 예술이다.

★. 詩의 定義
詩는 律語에 의한 自然의 모방이다.
1. 율어(律語): 운문(언어의 운율적 조직)
2. 자연(自然): 현실

★. 詩의 本質
언어(言語)
의미: 개념과 현상, 철학성과 희화성
형식: 음성(음악성)

★. 詩의 3대 요소
의미적 요소, 회화적 요소, 음악적 요소

★. 시의 운율
1. 외형률
  음수율: 3.4조, 4.4조, 7.5조(민요조)
  음위율: 두운, 요운, 각운
  음성률: 반복률
2. 내재율
  돌담에 속삭이는 햇발같이 풀 아래 웃음 짓는 샘물같이
  (음수율: 3.4.4조, 음위율: 두운, 요운, 음성률: ㄴ, ㅁ, ㅇ)

★. 문장 표현의 발달 단계

1. 사실적 단계: 사실적, 묘사적 표현

2. 유추적 단계: 비유적 표현

3. 상징적 단계: 고도의 암시적 함축적 표현

★. 시의 표현

1. 비유

2. 상징

　관습적, 전통적, 개관적, 일반적 상징

　개인 상징

　기분 상징-분위기

★. 시의 내용

1. 정서(선천적 감성): 감화적 요소, 시간, 유기체의 전신적 감각

2. 사상(후천적 지성): 지각, 지식, 신념, 의견의 종합물

★. 시의 특징

1. 언어의 시적 특징: 개인적, 주관적

2. 시적 언어의 특징: 함축(암시적)

3. 시의 표현: 리듬, 이미지, 상징, 어조

★. 시의 궁극적 효용성

1. 감동과 쾌락

2. 시의 정서의 주관성

3. 시의 생리(심리), 당대의 여건(사회성, 시대성), 독창성(참신성)

★. 시의 어감

1. 유성음: 부드럽고 율동적인 느낌(굴러가고, 흘러가고)
2. 폐쇄음: 박히고 부닥치고(떼굴떼굴 떽떼굴 떽떼굴)
3. 시적 자유: 노~ 오~ 란, 하~ 이~ 얀

   개성적인 눈을 가져야 한다.-상상적, 상상력

   물: 창조의 신비, 정화, 재생

   바다: 생명의 근원, 영원의 세계

   빛: 구원

   강물: 시간의 흐름, 생의 윤회

   흑색: 혼돈, 미지, 죽음

   적색: 희생, 정렬

   바람: 생기, 시련

   숲: 자궁, 안식처

   잎새: 군집성을 띤 작은 생명체

【작품의 경향에 따른 분류】

1. 순수시: 역사, 도덕, 철학 등 산문적인 요소를 배제하고, 순수하게 정
   서를 자극하는 표현적 기능을 중시한 시(운율이나 예술성을 중시)
2. 참여시: 정치적인 의도에서 또는 사회정의의 처지에서 정치문제나
   사회문제에 의도적으로 참여하는 의식으로 쓰인 시-목적시

★. 시적 경향 주제의 내용에 따른 분류

1. 주정시: 감정, 정서 등이 주된 내용으로 된 시

2. 주지시: 지적인 면을 강조한 시, 지성을 중시하는 예술 의식이나
   시작 태도로 쓰인 시

3. 주의시: 의지적 측면이 주된 내용으로 쓰인 시

【한국 현대시의 발달 과정】

1. 낭만시(1920년)
1920년대 주정적, 감상적, 퇴폐적인 낭만주의-폐허 백조

2. 목적시(1925년)
사회주의 이데올로기 선전을 위한 조잡한 정치 구호 선호

3. 순수시(1930년)
언어의 음악성을 중시한 유미적 예술 지상주의

4. 주지시(1934년)
언어의 회화성을 위주로 이미지와 시각적 현상을 추구한 모더니즘
의 순수시(최재서, 김기림, 김광균)

5. 생명파(1936년)
인간의 생명 존중의 생명의식(인생파)

6. 청록파
한국적 자연을 대상으로 산수도를 그린 순수시

| 목 차 |

∥ 목 차 ∥

목차

| 교신 |

맑은 물이 흐르는 탄천을 걸어가는데
뒤따라오는 사람이 혼잣말을 하며 스치고 지나간다.
분명 혼자인데, 귀신하고 이야기하는 걸까?

3호선 지하철을 타고 가는데 한 청년이
귀마개인지 무엇을 귀에 꽂고
어디론가 소곤소곤 교신 중이다.

북한에서 침투한 간첩일까?
아니면 우주 어딘가의 별나라와 교신 중일까?

새벽을 보내고 나면

길가의 어우러진 풀잎에
컴컴한 어둠 속을 더듬어
작은 물방울을 잎 위에 맺혀 놓은 채
뒤도 돌아보지 않고 새벽은 떠나 버린다.

상큼하게 높은 공간 사이로 밝은 해가
구름 뒤로 숨 가쁘게 달음질치며
조용히 흘러가고

오늘은 내일을 위해 햇살 좋은 가을 문턱에
나뭇잎 물들이며 생의 찬미를 노래한다.

| 비애 |

밝게 비추던 해가 서녘으로 기울어
노을 속으로 사라지고,

가을걷이 끝난 들녘에
바람이 일어나네.

그 곱던 꽃잎이 비에 젖어 나뒹굴며
바람을 이고 사라지고

막차 떠난 간이역 대합실에 나 홀로 서성이다
외줄, 철길을 걷고 있다네.

저세상으로 떠난 어머니 집엔 거미줄이
방문을 막고 바람에 나부끼며 쓸쓸히 울부짖네.

살아가는 길

어제도 가고
오늘도 가고
내일도 갈

피곤하고 고단해도
가야 하는 길

짐짝처럼 밀려들어 가고
나오는 지하철도
콩나물시루 같은 버스도

비가 오고 눈이 와도
가고 가야 하는 길

아침에 가고 저녁에 돌아오는
일상이 늘 하나같고

지치고 피로에 쌓인다 해도
가고 오는 길

부딪히고, 넘어지고, 멍들어도
웃음으로 씻어 내며
살아가는 길!

┃ 보입니다 ┃

눈에 선히 보입니다.
지난날 걸었던 그 길이

그 길을 같이 걸었던
그 얼굴들이 선히 보입니다.
구름 속으로 사라지다
다시 보이는 둥근 달같이

그 시절 그 모습들
환하게 웃음 지으며
반갑게 다가옵니다.

그리움과 외로움이 다정히 손잡고
사라질 때까지
뜬눈으로 긴 밤 지새웁니다.

| 들려옵니다 |

채권 삽니다, 채권.
국채나 사채 삽니다.

찹쌀떠~억
당고나 모찌,
메밀무~ㄱ

들려옵니다. 지나간 소리가 들려옵니다.
시간의 흐름이 여운을 남기고 들려옵니다.

세탁기, 냉장고, 전자 제품 삽니다.
제주도에서 갓 잡아 온 싱싱한 갈치가 왔습니다.

스피커의 울음소리 들려옵니다.
삶의 소리 처절하고, 숨 가쁘게 들려옵니다.

夕陽(석양)

하늘 트이고 길 열리면
운명이고 숙명인 길
끝이 어디인지 모르지만

얼키설키 뒤뚱뒤뚱
한평생 그리 살다
서녘 기우는 햇살
언저리 올라

지난 시간 돌아보며
쌓이고 쌓인 서러움,
서리서리 맺힌
뜨거운 핏발
붉게 토하며

빗기는 듯
쫓기는 듯
사라지네.
사라져 가네.

| 歲月(세월)의 흔적 |

지나온 삶의 행적들이
흔적 없이 사라지고
심장에 남아도는 꿈은
허공에 흩어진 뜬구름

생의 흔적이
풀잎에 맺힌 이슬과 같이
사라진다 해도
빛의 언저리엔
초연의 자국은 있다.

| 눈이 내립니다 |

문을 활짝 열어젖힌 하늘에서
마음이 하얗고 밝은 눈을

낮은 곳을 향해 하얗게, 하얗게
뿌려 줍니다.

상처로 얼룩진 이 세상
아픈 마음 달래러
슬픈 마음 달래러

하얀 방울약 방울을
포근하게 살포시 내려 줍니다.

❘ 비가 내립니다 ❘

비가 내립니다.
산과 들을 지나
외딴길 모퉁이
황톳길 위로 비가 내립니다.

오, 유월 광풍 잠재우려
힘차고 조용히 내려옵니다.

잊을 수 없는 아픔을 가슴에 묻고
억누르며 참고 살았던 긴 세월의
아픔이 비가 되어
애절하고 슬픈 게 주르륵 흘러내립니다.

| 봄비 |

삼동(三冬)의 시린 아픔
가슴으로 이겨 내고
훈풍의 비바람
한 아름 담고 안아

부풀어진 대지에
살며시 내려와
새파란 살결 위
잠자는 이파리 깨우고

겨우 내 서릿발에 숨죽인
냇가 더듬어
굵고 힘찬
오줌발 되어

끝없이 펼쳐진 대지를 향해
가슴 설레는 희망의 여정을 연다.

| 가을 |

봄, 여름 뿌리내리고 가지 뻗어
이파리 열매 여물어
휘파람도 경쾌하다.

선율 은은하고 붉은빛 고요한데
가지에 살며시 나래 펴
쪽잠 청하다 가 버린 고추잠자리
바람 일다 사라지고,

무서리 내린 이른 아침
그리움 눈짓 꺼내
눈물로 서리꽃
가슴에 묻는다.

| 바다 이별 |

붉게 물든 노을 속
가슴 저리는 고동 소리 뒤로하고

흰 물결 밀고 밀어
한 발짝 두 발짝
물살 더듬고 헤치어
뱃머리 멀어져 갈 때

파도에 튀어 오르는 물결
날개 적시어 껴안으며
숨 가쁘게 나오려는
마지막 말을 흐느끼며 삼키고

바다는 침묵을 쓰고
다시 잠든다.

물구나무서기

그리움이 말문을 막고
생각은 가슴을 두들겨
온몸이 저리어 옵니다.

그대를 그리워하는
진한 향에 취해
새로운 길을 알았습니다.

그대를 알고부터
그 길을 걷고 있습니다.

멀리서 바라보던
그 길을 가고 있습니다.

그대를 멀리서 바라보던 그 길을.

┃ 기쁨을 주고 ┃

새벽을 가르는 이른 아침, 하얀 빛줄기
간밤에 있었던 일들을 깨끗이 지우고

하루를 여는 눈부신 태양의 빛발
벅찬 마음을 기쁨으로 나누는 지혜를 가르친다.

나뭇가지 사이로 포근히 내리는 흰 눈
마음 얼지 않도록 따사로운 정을 주고

오늘이라는 하루가 기쁨을 한 아름
안겨 주고 조용히 흘러갑니다.

| 새벽 |

어제의 문이 굳게 닫혀
검은빛으로 고요히 잠들어 있을 때
또 다른 오늘이 어둠의 빗장을
열어젖히고

밝음이 온 누리를 적시려 할 때
갈대 같은 흔들림을 걷어 내고
마음을 크게 연다.

어선의 깃발이 나부끼는 푸른 바다는
희망을 노래하고

햇살이 바람을 이고 넘는 준령은
가슴을 열어 열정을 노래한다.

| 생명의 물 |

비로 태어난 나는 휘몰아치는 큰 바람에
곤두박질하며 땅속으로 기어들어
물이 되어 흘러갑니다.

흘러 도착한 곳은 바위틈에서 솟아나는
옹달샘이었습니다.

다른 친구들은 내를 흘러 강을 따라
넓은 바다에 도착하여 폭풍을 등에 업고
파도를 일으키며 세상의 화젯거리가 되지만

나는
목마른 사람의 목을 적셔 주고 다람쥐와 토끼가
한 모금 입에 적시고 가는 생명의 물이랍니다.

| 어리바리[1] |

어리어리 어리바리, 어리바리
오늘도 어리바리, 어리바리

어둠에 서 있는 검은 그림자
아직도 밝은 빛 찾지 못하고
어리어리, 어리바리

힘차게 일어나 밖을 보지만
불안한 미래에 꼬리 사리다[2]

나갈 발걸음도 못 찾고
허리 구부리어 힘없이
주저앉는다.

이렇게 한평생
어리어리, 어리바리.

---

1) 어리숭하며 당차지 못하고 의지력이 없다.
2) 만일을 생각하여 몸조심하다.

| 여름밤 |

태양이 이글거리다 숨을 죽이면,
온몸이 피로에 젖어 들고
검은빛 속으로 하루가 저물어 간다.

마당에 피운 모깃불은
연기를 휘저어 콧물, 눈물이
어두운 밤을 닦아 내고

다정스럽고 정답게 이야기와 이야기는
밤이 깊은 줄 모르고 깊고 깊게 익어만 간다.

| 限界嶺(한계령) |

바람도
햇살도
공기도
심장의 뜀박질에
거친 숨 내쉬고

푸른 굴곡 마디 사이
하얀 속살 드리운 채
구부러진 허리 펴 발 담그며
파란 더벅머리 뒤로하고
귀엣말로 속살속살.

| 독도 |

외롭다. 외로워!

갈매기도 외로워
파도 벗 삼고
스쳐 지나는 바람도 손잡는다.
지나는 배도 외롭지 말라고
에돌다[3] 가고 봉우리도 두 봉우리

바닷속 깊은 곳 솟아오른 용암이
동쪽을 지키는 수호신 되어
한류와 난류를 껴안아
바람도 쉬어, 고기 떼 모이는 곳

아득히 먼 세월 저편에서
땅이 이글거리다 빙하기를 넘어 형성된
광맥과 해저 열수 광상[4]이 주변에
산재해 있음을 안다.

섬나라 사람들이 시퍼렇게 날 세우며
사무라이 침략 근성이 다시 살아나는지

3) 에워 돌다. 빙 돌다.
4) 수심 1,000~3,000미터에서 마그마로 가열된 열수가 해저 암반을 통해 금, 은, 구리,
아연 등 전략 금속을 함유하여 방출되는 과정 및 현상.

우리는 안다.

나를 지키려는
강한 의지로
한쪽의 땅도 소중히
지키고 지켜 지난 아픔
다시는 도래되지 않게 하리라.

| 봄은 익어 가고 |

꽃들은 풍만한 가슴 열어
방년의 농익은 향취
바람에 날리고

농 진한 향기에
벌, 나비는
솟구치는 욕정에 젖어
부드럽고 달콤함에
해 가는 줄 모른다.

산기슭 날던 종다리도 허공을 유회하며
짝 찾아 수천 길을 날아 연을 맺어
보금자리 물색하고

부부 연을 언제 맺었는지 제비는
처마 밑 집짓기에 한창이다.

| 사랑의 씨앗 |

어느 *好*(호)시절

밝고 환한 사랑의 씨앗을 가슴에 담아
바람에 누워 맑은 창공을 날아 봅니다.

바람은 유유히 구름 위를 날아
아담한 산모퉁이 지나
정답게 흐르는 내를 건너
눈부신 햇살 사이에
뜨거운 가슴을 열어 사랑의 씨앗을 날립니다.

달콤한 사랑
애절한 사랑
벅차오르는 사랑

꿈과 희망에 젖어 열정에 매료도 되고
삶의 허탈함에 가슴앓이, 탄식도 하겠지.

허공에 슬픔 토하며 사라지는 바람처럼
사랑도 머물다 가는 것

활활 이글거리는 불꽃도 식으면 싸늘한 것을
어느 가슴엔들 애잔하고 서글픈 사랑 없으랴.

| 개울 |

조약돌 사이로 하얀 속살 드러내며
조잘조잘 속삭임도 구성지다.

속살 사이로 헤엄쳐 지나는 송사리도
풍만한 가슴에 포근히 쉬어 가고

눈부시도록 하얀 살결 속으로
버들가지 사이로 얼굴 내민
달빛과 구름과 별도 드리우고

보드라운 흰 살 어루만지던
달님도 수줍게 얼굴 붉어지며
숨소리도 뜨겁고 거칠게 새근거린다.

| 호숫가에서 |

물에 비친 내 얼굴 잔 물살이
동그란 무늬 만들고

희망의 여린 잎 파랗게 물들이며
진한 향기로 숨 가쁘게 반짝인다.

파란 잎 사이사이 유리알 같은 물결이
반짝이며 내 가슴에 가만히 와 닿는다.

葛藤(갈등)

칡과 등나무가
줄기와 잎이
햇빛을 차지하려
서로 감고 감으며
올라갑니다.

가는 방향과
뜻이 같다면
손을 내밀어
손을 잡고 걸어가면
좋으련만

자기 의지를 불태우며
한 치의 양보도 없이
자기 길만 고집합니다.

모든 것이 나를 위해 존재하는 것이 아닐진대
우리 모두를 위해 내 생각을 좀 접으며
같이 가면 좋겠지요.

| 해 바라보기 |

불면 날아갈까
놓으면 꺼질까
오직 너만 바라보고
한평생 그리 살았다.

너는 내 가슴의 희망이었고
태양이었으며
밝은 등불이었다.
해가 구름에라도 가리면
발을 동동거리며 어찌할 바 몰라 했다.

바라보기 어머니,
해 바라보기 어머니,
오늘도 해만 바라보는
어머니, 어머니.

| 막걸리 |

가슴이 답답하고 누군가가 그리울 때
너는 항상 우리 곁에 가까이 있었지.

흐르는 세월의 무게에 당당함을 잃고
흐트러져 방황할 때도

땀 흘리며 일할 때 컬컬한 목 적셔 주고
이마의 땀방울 식혀도 주었지.

朋友(붕우)와 만나 회포를 풀 때도
어색한 만남에도 같이했었지.

하늘이 빗장질하고
세상이 눈 감고 있을 때

너는 나를 마시고, 나는 너를 적시며
하늘은 노랗고 붉게 물들어 있었더라.

| 달빛 |

구름 뒤에 숨어 지내다가
살짝 내민 얼굴 사이로
속세를 등진 산사의
스님 얼굴 비껴가 서 있고

숨소리도 고요히 깃들어
풍경 소리 은은하게 달빛에 흐르고
산새 울음소리 구슬프고 애절하구나.

가슴에 무수히 들어와 박힌
뭇별 사이로
은빛으로 부서지는 파도여!

| 날빛⁵⁾ |

하루를 여는 문턱에
밝게 떠오르는
붉은 태양은
누구의 자태인가?

청초한 숲속 계곡을
해맑게 흐르며
속삭이는 물소리는
누구의 노래인가?

창공의 풍만한
젖무덤 더듬다
부끄러움에 얼굴 붉어지며
사라지는 태양은
누구의 얼굴인가?

---

5) 햇빛을 받아서 나는 온 세상의 빛.

| 빛 |

숨결도 고요히 잠든 밤
밝고 고운 미소를
한 아름 담고 안아
밝고 환한 웃음으로
하늘 문 열어
띄워 봅니다.

하늘 맞닿는 언저리
구름 속으로 달빛 흐르고
별들 손잡고 떠돌다가
쏟아지듯 빛발이
영채[6] 사이로 紫雲(자운)과 함께
다가와 조용히 내 옆에 나란히 눕는다.

---

6) 환히 빛나는 고운 빛.

| 말 |

옛말에

가는 말이 고와야
오는 말이 곱다.

말 한마디로
천 냥 빚을 갚는다.

言者無知(언자무지): 말하는 자는 아는 게 없고
知者無言(지자무언): 아는 자는 말하지 않는다.

고요한 물은 깊게 흐르고 깊은 물은 소리가 나지 않는다.

말은 말하는 자의 인격이고 품성이다.
빗물도 가라앉아 정제되면 맑은 물이 되어 먹을 수 있고,
입이 향기로우면 막힌 귀가 열리고 통 크게 마음을 연다.

| 교목 |

운동장 어귀에 버티고
서 있는
플라타너스(Plat nus)
너는 언제 이민 왔니?

| 개나리꽃 |

무엇이 그토록 너를 가슴 아프게
하였단 말이냐?
누가 너의 마음을 짓누르고
억압하였길래 노랗게
멍든 가슴 이고 나오느냐.

뜨거운 햇살
노랗게 내민 얼굴 보드랍게
어루만지며 간지럼 주고

구름 사이에 숨어 있던 하얀 달은
구름을 제치고 나와 환한 얼굴로
안아 주고 쓰다듬으며 조용히 흘러간다.

| 억새꽃 |

꽃대 여물어 나슬나슬하게7) 긴 꽃이 깃발 되어
정상을 점령했다는 승전보라도 알리려는 듯
언덕 밭이 비탈길 흰 물결로 출렁인다.

비바람 몰아치면 머리에 흰 수건 두르고
날씬하게 쭉 뻗은 몸매로 춤추고 노래하며
자기들이 이 땅의 주인임을 목청 돋워 알려 온다.

저녁노을 붉게 물들고 새들도 집을 찾아 떠날 때
젊은 날 뻣세고8) 뒤웅스럽던9) 일들을 뉘우치며
헝클어진 흰머리 비다듬으며10) 조용히 잠든다.

---

7) 가늘고 긴 풀이나 털 따위가 보드랍고 가지런하다.
8) 뻣뻣하고 억세다.
9) 보기에 어리석고 둔하다.
10) 매만져 곱게 다듬다.

| 시월의 마지막 날 |

진한 녹색 옷을 벗어 던지고
울긋불긋 갈아입은 단풍잎이
뭇사람들의 마음을 끌어들여
내장산이니 설악산이니 하며
단풍이 깊게 물든 곳을 찾아 떠날 때
나는 일에 매료되어 내일의 알람을
맞추려 핸드폰을 보니 선배가 전해 온
문자에 시선이 따라간다.

코스모스 바람에 한들한들
억새는 하얀 손 흔들흔들
정겹게 다가온 가을의 서정
시월의 마지막 날
햇빛이 노을 속으로 사라지니
바람결이 제법 쌀쌀합니다.
안녕을 기원하는 마음 낙엽에 담아
창문으로 문안하는 가을 햇살로
소인(消印)을 찍어 시월의 안부를 띄웁니다.

2023. 10. 31.
시월의 마지막 날.

나는 답글로
생각 따라 손이 가는 대로 적어 보았다.

바람이 눈도장을 찍어 놓고 간 그 잎을 찾아
반갑게 다가가는데

진하게 물든 단풍잎은 이파리 흔들며
떨어져 날아간다.

눈시울을 적시며 바람이 다가가지만
이파리는 더 멀어져 가는구나.

너와는 상극인데 알고 있느냐?
서글프고 괴롭지만 가야 할 길이니
축원이나 하자. 잘 가거라.

2023. 10. 31. 21:45
떠나보내고 싶지 않은 10월을 보내며
이내 밤이 깊어 간다.

| 새 |

구김살 없는 휑한 창공을
날개를 펴 하늘을 나는 새

즐거운 기분인지 날갯짓이 요란하구나.
혹 먹잇감이라도 보았느냐?
조심해라.
이 세상 호락호락한 것은 없단다.

축 처진 날개를 힘없이 저으며
눈시울이 붉어져 돌아온 너,
짝이라도 잃었느냐?

가슴을 열고 크게 숨을 들이마시고
하늘을 한번 보라. 너를 바라보는 하늘이
있지 않느냐?

너를 눈여겨본 하늘이 좋은 배필을 곧
만나게 해 줄 것이다. 믿고 기다려라.

| 아카시아꽃 |

오월의 태양이 열을 토하는 오후
아카시아 이파리 펼쳐 열 식히고

여문 꽃가지 길게 펼쳐
꽃, 잎에 햇빛 끌어와

부풀어진 꿀샘 터트려
향기를 바람에 띄운다.

등성이를 넘나들던 벌 나비
진한 꿀 향기에 끌려 날아와

화려하고 고운 꽃 속을 더듬어
매혹한 향에 취해 쓰러지고,

아카시아꽃 양팔 벌려
힘껏 품어 안는다.

오월의 신부 아카시아꽃!

| 나팔꽃 |

가늘고 좁은 실핏줄에 매달려
힘겹게 사르르 떨고
잎은 좁은 문틈 사이로
어둠 뚫고 나와 통 크게 외치려 한다.

꽃은 심장을 닮아 박동 소리 경쾌하다.
지나는 바람이라도 스치면
하늘 향해
우렁차고 힘차게
나팔 소리 한번 크게 울려 보고

해 기울어지면
맑고 밝은 햇살 긁어모아
젖은 나팔 흐르는 빛으로 씻어
고개고개 숙이며 숨결 잦아져 간다.

| 산딸기 |

딸기, 딸기 산딸기
산에 사는 산딸기
깊은 계곡 언덕 벽
숨어 지낸 산딸기

하루에도 수백 번
바람결에 짓눌러
까맣게 얼굴 그을리다

등 뒤로 기우는 햇살 사이로
수줍게 얼굴
살며시 내민다.

딸기, 산에 사는 산딸기.

| 시든 꽃 |

나들이 가던 길에 환하고
곱게 핀 꽃

어제는 시들더니
오늘은 고개로 이고 있구나,

너도 해를 이고 떠난 할머니
곁으로 가고 있나 보구나.

| 산이 좋아 |

부풀어진 가슴에 밝은 마음으로
해맑은 공기를 안으며 집을 나선다.

발걸음이 가볍게 나를 이끌어
날을 기세다.

정상에 올라 가슴을 펴 공기를 들이마시면
맑은 공기에 가슴이 열려 산 위로 붕 떠 버린다.

산이 좋아
산에 간다.

기분 좋아
산에 간다.

| 장미 |

紅顏(홍안)의 밝은 자태
수정 같은 눈망울은
가슴을 설레게 하고

매콤하고 달콤한 향기는
영혼까지 깨워 불러와
황홀함에 취해 버렸다.

황홀한 기분과 설렘을 억누르며
가슴을 크게 열어 너를 안아 보았지.

장미! 너는 너의 고운 자태를 지키기 위해
마음의 문을 굳게 닫고

너를 보호하는 비수를 내밀어
상처를 남기고 훌훌 떠나가 버렸지.

얄미운 장미!

| 만경강 |

발을 절며
허리 구부리어
굽이굽이 한이 서리어 흐르는 강

황금벌 너른 들
풍요가 깃들면
날아든 공출, 소작료에
수탈로[11]는 분주하다.

피, 땀 흘려 지은 농사
내 입으로 들어오는 건 없고
허기진 몸뚱이는 병색으로
가득하다.

---

11) 전주에서 군산으로 가는 만경강 하부 뚝 밑에 설치된 전군가도. 일제 강점기에 이 도
    로를 통해 평야에서 생산된 쌀을 군산으로 이동, 배편으로 일본으로 실어 날랐다. 이
    도로를 이용해 우리 것을 수탈해 갔으므로 우리는 이 도로를 수탈로라 부른다.

| 산 |

등성이 푸른 깃발 웅장한 쾌거의 함성에
독수리 날개 펴 피바람 일으키고
어진 봉우리와 봉우리에서
전해지는 전설도 풍성(豊盛)하고 애틋하다.

꿈에서도 깃들어진 크고 작은 봉우리와 봉우리들
숙연히 엎드려 비바람 견디며 하늘을 향하고,
속 깊은 골에 흐르는 물, 올곧은 정신 되어
계곡 사이사이, 굽이굽이 굽어 흐른다.

태양에서 밀려오는 깊고 부드러운 놀에
다가오는 밤의 그림자도 그 영롱한 빛에 취해 잠들고
초저녁 별들 찾아들면 밤은 어찌 그리 서글픈가!

광교산[12]

수지성당을 뒤로하고
맷돌 바위 지나
고압선 늘어선 고개를 넘는데
숨소리 거칠고 다리가 후들거린다.

빛으로 가르쳤다더니
이제는 인내와 끈기를
가르치는가 보다.

헬기장 쉼터 의자에 앉아
뛰는 심장 달래며 흐르는
땀을 닦는데
소나무 가지 위
까치가 얼굴 내밀며
안녕, 하며 인사를 하네.

시루봉에 올라 북쪽을 보니
서울이 손에 잡힐 듯 가지런하고
관악산이 발밑에 누워 있구나.

---

12) 원래의 이름은 광악산이었는데 928년 왕건이 후백제 견훤을 평정하고 이 산의 행궁
    에 머물면서 군사들을 격려하며 위로하고 있는데 이 산의 정상에서 광채가 솟아오르
    는 것을 보고 빛으로 가르침을 내리는 산이라 하여 광교산이라 이름을 붙였다 함.

| 마이산 |

큰 귀가 삐죽 두 귀가 쫑긋
세상에서 들려오는 모든 말을
소중하고 귀중히 담아 들으려
두 귀를 열었네, 크게 열었네.

금당사, 은수사
경 읽는 소리 목탁 소리
朝(조), 夕(석)으로 듣고 깨우쳐
득도했네, 도통했네.

눈 지그시 내리감으며
빙싯[13] 미소 머금은 밝은 얼굴
심성 곧고
넓고 깊다.
웅숭깊다.[14]

---

13) 입을 슬며시 벌릴 듯하면서 소리 없이 한 번 가볍게 웃는 모양.
14) 도량이 넓고 크다.

삼팔선

흘러가던 구름이
올라가다 주춤거리고
하늘거리던 바람도 자빠져 눕고
경쾌하던 휘파람도 놀라 자지러진다.

핏물 고인 자리에 한 포기 들국화
한이 서리어 창백하게 망울져 있고

비둘기
날개 접다 펴며 남으로 향하고
죽음의 선을 넘은 흰토끼, 새끼 키우며
북녘 바라보며 애절하게 눈물짓는다.

총 맞은 허리에 철끈이
철끈이 드리워져

욱신거리며 쑤신다.
쑤시고 욱신거린다.

靈長山(영장산)

신령이 지배하는 긴 줄기 한 자락에
매 봉우리 옷깃 여물며
허리 굽혀 머리 조아린다.

매 봉우리 품속에
새마을 훈련장, 국군 수도병원이 고즈넉하게 자리하고,
태재고개 자락으로 숨 가쁘게 뻗어 내린 줄기
열 발전소 붉게 힘 쏟아 낸다.

갈마고개 등 뒤로 어깨 처진 남한산성
하늘 검게 타고 핏물 흐르던
가슴 치던 지난 아픔, 분하고 서글픔에
고개 떨구며 아픔을 이겨 내려 몸부림친다.

| 동전 팔 푼 |

칙칙폭폭 칙칙폭폭, 칙칙폭폭 뛰 !

동전 팔 푼 엽전 팔 푼 장성갈재 어찌 갈고
동전 팔 푼 엽전 팔 푼 장성갈재 어찌 갈고

기적 소리 내며 달리던 증기기관차
노령산맥 언덕 고개
장성갈재 넘다 뒤로 밀리어 받침목 대고
넘던 고갯길
한숨을 쉬며 누군가가 지어 불린 노래,
유년 시절 동네 어귀를 돌며 함께 부르던 노래.

동전 팔 푼 엽전 팔 푼 장성갈재 어찌 갈고.

| 세월 |

시간의 톱니가 숨 쉴 틈도 주지 않고
세월의 톱니를 휘감고 몰아
가슴 벅차도록 달음질쳐

이끌다 끌리어
균형 잃은 삶은
순식간에 다가와 있고

백태 낀 머리는
찬 바람에 시리어 나부끼고
어깨너머로
주름진 세월만
검게 타들어 간다.

서글픈 가을

하늘거리던 바람이 하루 종일
낮잠에 취해 지내다가
석양 녘이 되어 기지개를 켜며 날아가더니
나뭇잎 한 잎, 한 잎
생명의 기를 불어넣어
울긋불긋 색깔질을 하다 달아나고

유랑의 슬픔과 기쁨을 나누며
시냇가 흐르는 물소리 타고 넘어
용수처럼 솟는 기운 담아
날개를 스치고 어루만지며 힘차게 날아간다.

북서쪽에서 불어오는 하늬바람,
마른기침, 마른 바람 소리로
장대질하는 바람에 시리고 아프게

가을이 뚝뚝 떨어져 간다.
서글프게 가을이 사라져 간다.

| 안말 |

탄천 물이 흐르는
이매동의 안말초등학교 교문 기둥에 새겨진
학교 교명을 보고 어느 신입생 학부모가
암말이 뭐야 재수 없게 하는 말을 들으며 지나다
그 글을 보고 또 보고 안말이 분명한데 무슨 암말

분당에서 수서로 가는 고속화 도로에
벌말사거리라는 이정표를 보고
어느 운전자가 벌도 키우고 말도 키운 동네인가 봐.
그래서 벌말이란 이름이 붙었겠지.

눈으로 보고 귀로 듣는 기능은 분명한데
보고 듣는 사람의
생각에 따라 달라질 수 있다는 것은

자기가 보고 싶고 듣고 싶은 쪽으로 해석하려는
근원적 자기 몰입 결핍증이리라.

안말이란 용어는 안에 있는 마을이라는 것을
벌말은 넓은 들이 있는 마을이라는 것을 알 수 있으리라.

말은 馬가 아니고 마을의 준말이란 것을.

| 편지 |

시간과 더불어 흐르는
세월 속에서 입가를 맴돌다 사라지는
많고 많은 언어들이 숨 거칠게 꿈틀거리고
가슴속에 담겨 있는 의로운 말들은
하얗게 밤을 파고들며 어둠을 잠재운다.

전해져 온 소식도 공기 속에 맴돌다
힘든 메아리 되어
수백 번 되뇌어 울려오고

어둠에 지쳐 까맣게 흐르는 밤
살금살금 달아나다 남은 생각들을
하나, 둘 주워 모아 엮어 담는다.

| 바둑 |

가로 열아홉 줄, 세로 열아홉 줄
정사각형 반상의 땅덩어리를
침략하고 공략하는
전략적이고 계략적인 세계

장기는 전투적이라면 바둑은 전쟁이다.
좌측을 공격하기 위해 우측을 침략하고
큰 것을 얻기 위해 작은 것을 버리는
소탐대실의 교훈을 터득하게 하고

戰勢(전세)의 유불리를 따져 공격의 수위를 조절하고
모든 역량을 기울여 최선을 다하다 쓰러지는 장수,

심혈을 기울여 기력의 힘을 다하고 인내하여도
승리의 승산이 없으면 과감하고 깨끗이 승복하는
멋지고 넓은 도량이어라!

| 갯바위 |

웅크리고 쪼그려 앉아 먼 산 바라보다
앞 섬 돌아오는 통통배 물살 머금다
토하기도 하고

날개 접으며 쉬어 가려는
갈매기 날개 잡아 주며
친구도 되어 주고

고향이 그리워 찾아오는 철새들에게
손사래 치며 가라 하며 투정도 부려 보고.

| 힘찬 발걸음 |

초록의 혈액을 흘리고 올리는
무성한 나무들 사이에서

서성이던 얼굴
흐르는 세월의 강물에
얼굴 씻으며 구름 속으로
사라지는 벅찬 어제를 뒤로하고

잔잔한 미소 상큼한 밤공기
그리움과 슬픔을 불태우고

희망의 잔을 치켜들어
밝은 내일을 향해
즐겁고 힘차게 발걸음 내디딘다.

| 고양이 뿔 |

고창 해리면의 끝자락
불쑥 솟은 고양이 뿔
간첩들의 침투의 길 고양이 뿔

봄에는 유채꽃이 가슴에 와 박히고,
새벽에는 중국 산둥성에서 우는
닭 울음소리가 자장가처럼 들려오는 곳

해안선 따라
바람이 가져다 놓은 모래 턱에
뿌리내린 해당화꽃 피워
바람에 진한 향 날리어
모래알 휘몰아 맴돌고 맴돌아
코끝을 스쳐 지나가는 곳

휴대용 라디오에서
어느 가수의 해당화 피고 지는
노랫소리는
해당화를 더 붉게 물들이고

검게 물들어 가는 고양이 뿔은
오늘도 쥐를 잡기 위해
밤의 어둠을 뚫고 두 눈은

빛을 발하며 반짝인다.

고양이

고양이 뿔.

| 구름 |

나의 앞을 막지 말라.
내가 가는 길을 막아서지 마라.

애달프게도 바람이 길을 막아서며
따라오라는구나.

나 혼자 가도록 내버려 달라고 애원하지만
너는 혼자 갈 수 없으니 나를 따라오라며
앞을 막아서며 길을 터 주지 않는구나.

낮은 데로 흘러서 높은 데로
높은 데로 올라서 그 위로
상행 곡선을 그리며
험준하고 높은 준령을 넘어서며
봐! 나 아니면 너 혼자 넘을 수 있어?

네가 없으면 살아갈 수 없는
반쪽짜리 내 삶
나 혼자 해내고 싶은 내 마음
너는 왜 모르느냐?

| 하루 |

돌 틈 사이에서 솟아 흐르는 물은
계곡을 지나 심해로 흐르고
붉그레 떠오르는 햇살은
거친 바람에 밀리어 가고

붉은 해를 밀어 올린 바다의 물살은
찬란히 빛나고 출렁대는 물결은
흥겹게 노래를 부르며 힘차게
움직인다.

숨소리 똑딱거리며 시간을 쫓아
마디마다 거친 숨, 내쉬며
세월의 공간 속으로 달음질쳐
조용히 노을 속으로 사라져 간다.

| 민들레꽃 |

척박한 땅에서
눈물겹게 피워 낸
민들레꽃

하늘을 날아
넓은 세상을 보면서
많은 생각에 젖는다.

물이 흐르는 냇가가 좋은지
공기 맑고 숲이 있는 곳이 좋은지
터전 잡을 곳을 생각하는 중에

바람에 쓸리어 길가 모퉁이에
내려앉았다.

앉은 데다 뿌리를 내려 보자
바람막이 이웃도 있으니
마음을 다해 잘 살아 보련다.

| 열정 |

추운 겨울
당신과 나의 가슴에
흰 눈이 쌓이면
당신과 나의 열정으로
눈을 녹여

당신의 핏속과 나의 핏줄에
흘려보내

뜨거워진 피를 돌돌 몰아
추위에 떨고 있는 이웃들에게
덮어 주리라.

| 도심 속 고라니 |

탄천을 걷다
1급수 달성을 축하하는 플래카드를 본다.
물이 정말로 깨끗해 보인다.
그래서일까.

백로, 오리, 가마우지에 너구리까지
각종 동물이 많이 보인다.
그런데 이번엔 고라니가 나타났다.

산에 사는 고라니라니 무리를 이탈한 외톨이일까,
아니면 어미와 함께 온 무리일까?

아닐 것이다.

사람이 살기 좋다고 하니
자기들도 좋은 곳에 살고파
찾아왔을 것이다.

어쨌든 반가운 일이다.
인간의 영역에

너무 깊게 발 들여놓지 마라.
갈등이 있을까 그게 걱정이구나.

| 없어지는 학교 운동장 |

신학기 새 학년
앞으로 나란히 줄 서
서로, 서로 친구 되며
걸었던 운동장

가을 운동회 날엔
만국기가 펄럭이고
씩씩하게 뛰어다니던
그런 운동장이

콘크리트 벽으로
덮이고 쌓여
운동장이 없어지네.
추억이 사라져 가네.

| 바다 |

수평선 너머 긴 여울
벼랑을 기어 내린 석양의 노을을
살며시 받아들여 잠재우고

파도를 일으키며 넘실거리는 물결
하늘로 치솟아 오르며 덩치 큰
물체를 삼키려 뛰어들고

조용히 흔들거리며 나부끼는 바람
품어 안으며 가라앉은 숨소리를
자장가 삼아 조용히 잠들어 간다.

| 오늘의 소리 |

눈부신 오늘
벅찬 내일을 향해

침묵을 깨고 공허히 달리어
얼룩진 마음의 문을 조용히 열어
흐르는 시냇물 소리 들으러 가고

떠오르는 햇살 속에 피어나는 하얀 꽃구름
정을 가득 안고 환하고 따사롭게 다가온다.

오늘이 붉은 노을 속으로 들어가며
진한 아픔을 잊으려
함께 울부짖는 萬籟(만뢰)[15]의 소리.

---

15) 自然界(자연계)의 만물이 바람에 불리어 울리는 소리.

| 수박 |

생명의 전령들이 산과 들에
손짓하며 웃으며 다가오는 시절
수박 꽃, 환하고 밝게 지피며
고개를 내밀어 자태를 뽐내고

어진 숨소리로 줄 하나하나 고르며
젊음의 표상으로 파란 무늬 줄지어
온몸에 새기며 열풍에 몸 부풀려
한여름 즐거움을 함께 나누고

땀 흘리며 지친 젊음이
한 움큼 한 움큼 파고들면
텅 빈 속은 가슴앓이를 하며
허리를 질끈 동여맨다.

| 돌아보기 |

막걸리 한두 잔에 취해
거리를 누비며 요란스레
구르기로 살지는 않았는지?

찰나의 유혹으로 양심을
몇 푼에 팔아 혼까지
끌리어 다니지는 않았는지?

아둔한 생각으로 황금에 어두워
혼과 넋을 헐값에 팔아 스스로를
싸구려 인생으로 전락시켜 가두어
두진 않았는지?

이 눈치, 저 눈치 보며 힘 있는 자에게는
허리 구부리며 손바닥 비벼 대며
아부를 떨진 않았는지?

반성하며 뉘우치고
뉘우치며 고쳐 가자.

| 삶의 공간 |

우주의 한 뭉치, 동그란 땅덩어리 하나
거기서도 금 그리어져 나누어지고
언어와 색깔로 구분 지어 삶이 이어지는 공간들

그 지구에서 조그마한 점 하나인 땅
이리 굴리고 저리 굴리어
힘 있는 자들이 반으로 나누어 서로 겨루는
한반도라는 남쪽에 살아가는 삶의 공간

북은 호시탐탐 남쪽을 노려보며 침략하려 하여
남은 북을 두려워하며 가슴 졸이며 불안한 나날을
보내며 살아가는 곳

이곳의 힘 있는 자들은 자기들이 더 가져 보겠다고
상대 흠을 잡아 공격하고 또 다른 쪽은 방어한다며
맞불을 놓아 나라가 타들어 사라지려 한다.

백성이라고 불리는 못난 사람들은
오늘도 불안에 떨며 살기 위해
피, 땀 흘리며 끙끙 일만 하는데.

| 등대 |

바위섬 돌 틈 사이로 우뚝 선 등대
파도에 부딪혀 피어오르는 연민의 정을
해맑은 미소로 멀리 돌아오는 기선을 향해
밝은 빛으로 희망을 연다.

거친 파도와 일렁이는 물결이 깊게 할퀴고 간
자리에 외로움과 고독이 혼돈에 쌓여
그리움이 파편으로 다가와 상처로 울부짖고
바람도 한(恨) 맺혀 통곡을 한다.

천둥소리 상처의 흔적으로 검게 타들어 가
잃어버린 세월에 울부짖는 이유일랑
외로이 밤바다에 한 줄기로 매달려
그리워 손짓하는 하얀 등댓불.

| 인생의 소회 |

나는 살아왔다.
나는 보고 살았다.
그때 그 시절을,

손에 봉숭아 물 들이며
소꿉장난도 해 보았고
팽이치기 자치기도 해 보았다.

추운 겨울이면 연을 만들어 띄워도 보았고
방패연 가오리연 싸움도 시켜 봤다.

여름이면 냇가에서 수영도
다이빙도 해 보았고

메뚜기, 땅깨비 잡으러 다니다
남의 호박 넝쿨 밟아 혼나기도 했다.

6.25 전쟁 때는 피난 다니다 죽을 고비도
수십 번 넘기며 용케도 살아왔다.

청소년기는 도심에서 보냈는데 기억되는 일들이
없다는 게 다행한 일이다.

살아가기 위해 직업전선에 뛰어든 전투경찰,
군에서도 경험해 보지 못한 온갖 힘든 일들
떠올릴 때마다 가슴을 밀며 뭉클하게 다가온다.

해안선 근무 때는 낭만이, 내륙 타격대 근무 때는
산악 수색 등으로 육신의 근육 줄이 살아나며
젊음이 꿈틀거리며 희망의 노래도 들었다.

정기 입교 교육 때 부평에 있는 경찰전문학교에
부대가 입교해 부평에서 인천까지 완전무장으로
아스팔트 위를 구보 행군 시 쓰러지는 동료의
총기, 배낭 등을 내 배낭 위에 올려 짊어지고
동료를 부추기며 함께했던 일들

13 피드 위에서 뛰어내리지 못해 옥색 조끼
노래로 대신한 한 모 경사의 노래 솜씨
스치는 듯 가슴을 파고 아슬하게 들려온다.

| 살기 좋은 나라 |

가슴을 훈훈히 적시며 굴곡진 세월 속에
오늘의 기쁨을 편안히 안고 살아가는 아름다운 땅

그 위에 은둔과 끈질긴 근면으로 울퉁불퉁한
자태가 선명히 드러나 있는 자랑스러운 우리 땅

힘이야 있든 없든 하루 세 끼 먹고 소화시키며
내뿜는 가스에 환경오염세, 방출하는 대, 소변에
메탄가스 배출세 내지 않고 행복하게 살고 있으면 족하고

돈이야 많든 적든 내가 먹고 싶으면 먹을 수 있고,
여행 가고 싶으면 가서 쉬다 올 수 있고,
놀고 싶으면 놀 수 있으니 좋고,
쉬고 싶으면 직업 없이 쉴 수 있으니
이보다 더 좋은 곳이 또 어데 있겠는가?

산전, 수전 다 겪으며 살았다 하지만 다른 나라에서
살아 보지 못해 알 순 없지만 이보다 더 좋은 나라가
또 어데 있겠는가?

상대를 존경하고 존중하며 무조건 승복하고, 내일을
걱정하며 나보다 남을, 우리보다 상대를 우선시하는
자랑스러운 우리들의 힘 있는 자들?

자기들의 주장을 실현하기 위해 상대의 멱살을 잡고
집기를 던지고 문을 부숴 기물을 손괴하고도
부끄러운 줄 모르고 웃으며 번듯이 살아가는
이보다 더 좋은 나라가 또 어데 있겠는가?

| 희망의 노래 |

눈을 뜨고 귀를 열어 보고 들을 수 없는
추잡하고 볼썽사나운 허상이
겹겹으로 쌓여 혼탁하여진 이 세상,

한 사람, 한 사람의 뜨거운 마음과 지극한 정성으로
작은 불티를 주워 모아 누더기 같은 이 허상을 불태워,
하늘을 일깨우고

구세주 하늘이 우리 모두를 위해 크게 열리면
새벽의 맑은 공기 속 푸른 창공을 향해
희망의 노래를 앞세워 삶의 노를 저어 가련다.

| 오늘을 가꾸며 |

오늘이
숙명이고 필연으로 다가와
하나의 접힘이 또 하나로 열려
긴 여운의 세월을 간직하며

아픔이라는 이름 하나,
흔들리며 사라지고 나면
기쁨이라는 이름이 웃으며 다가온다.

행복한 친구를 만나면
슬픔이 가득한 친구가 그리워지고

가슴을 도려내는 쌩한 아픔도 밝은 오늘이 있기에,
참고 견디며 옹골진 꿈을 가슴에 담아 행복한
내일을 위해 오늘을 키우고 가꾸며 살아간다.

| 호남평야 |

우리 땅
대한민국

동은 높고 서쪽 낮아
동쪽 산맥 고인 물
서쪽으로 흘러

파란 물결
황금 들판
풍요롭다.
호남평야.

| 이런 삶 저런 삶 |

기쁨을 주는 사람
믿음을 주는 사람
남을 위해 좋은 일을 하는 사람

욕심을 부리는 사람
고집을 부리는 사람
삼질(갑질, 저질, 악질)을 하는 사람

악인도 사람이고 악법도 법이라지만
인과응보로 답한다.
결국에는 모든 것이 내게로 돌아온다.

| 조약돌 |

반들반들 조약돌
번들번들 조약돌

어쩌다 그대 옆에
서 있노라면

너볏한[16] 몸가짐에
숙연히 머리 숙여집니다.

그대가 쌓은 내공이
온몸에 전율 되어

번들번들 반들반들
빛이 납니다.

---

16) 번듯하고 의젓하다.

| 하늘나라 |

새들이 날고, 파도처럼 너울너울 흘러가는
구름 사이로 파랗게 보이는 하늘.
나도 떠서 날아오르고 싶은 곳

그 어느 곳에 하느님이 살고 계시는
하늘나라가 있으리라.

하늘나라로 떠나신 어머님이
그곳에 살고 계시리라 믿으면서

어머니를 만나려 鵬(붕)새[17]를 타고
하늘나라로 올라갑니다.

달이 가고 해가 고
날고 날아 찾아봐도
공허한 허공만 아물거리며
가물거릴 뿐

내 마음이 어두워 하늘나라는
보이지 아니하더라.

~~~~~~~~~~~~~~~~~~~~~~~~~~

17) 고대 중국의 전설에 나오는 상상의 새로 날개 길이가 삼천 리나 되고 날개를 한 번
     접었다 펴면 구만 리를 난다고 함.

지금 내 눈앞에
밝은 빛을 발하며 하늘이
다가와 있을 뿐.

| 유년 시절 |

3대 독자로 태어나
100일 만에 아버지 돌아가시게 하고
4살 때 홍역에 걸려 사경을 헤매다
겨우 살아나,

6.25를 만나 피난을 다니며
죽을 고비를 수십 번 넘겨 간신히 집에 와 보니
집은 이미 잿더미가 되어 잘 곳이 없어

남의 집 헛간에서 지내다 연병에 걸려
죽음의 길을 헤매는 것을 할아버지가 보시고
우리 집 문 닫는다며 몽침으로 가슴 치며
돌아가시게 한 집안을 쑥대밭으로 만든 천추의
못된 아이였습니다.

할아버지의 명을 이어 병을 이겨 내며
살아온 유년 시절은 의지할 곳을 잃은
외기러기가 되어 쓸쓸함과 외로움의
절벽에서 살아야 했습니다.

| 생명이 다할 때까지 |

한 송이 꽃, 거룩한 생명을 바라보며
꽃이 지닌 심오함을 골똘히 생각해 보라.

나에게 주어진 한 번밖에 없는 이 일생을 어떻게
살아갈 것인지 조용히 자신에게 물어보라.

사회의 틀 속에 올바르게 정착되어 타인의
좋은 본보기로 우뚝 솟아 거룩한 이 생명이
다할 때까지 최선을 다하는 인간이 되리라.
각오를 하며 살아 보라.

평온한 가정, 주변에서 인정하며 명랑한
사회의 주역이 되어 있을 것이다.

| 신록의 6월 |

6월의 신록이 짙게 펼쳐져
눈에 신선하게 다가와 가슴을 상쾌하게
적시며 파란 하늘을 향해 굳게 뻗어 나간다.

마음은 날개를 달아 하늘로 치솟아
파랗게 웅성거리는 그곳을 바라보며
내 젊은 청춘을 불러 매달아

나부끼는 푸른 잎이 내 젊음의 표상으로
우뚝 솟아 살갑게 다가와 젊은 혈기로
너울거리며 노래하고 하늘하늘 춤추며 살아간다.

| 그리움 |

바다가 보이는 산언덕에서
해가 떨어져 노을이 붉게 물들 때
다정히 다가와 함께한 너

늦가을 짙게 물든 단풍 사이로
험준한 산길을 걸으며
정상을 정복해 통쾌감을 같이 나누던 너

옆자리에서 숨소리와 땀 냄새를
함께하며 지내던 너

삶이 공허하고 힘들 때
마음을 다하여 위로하며 격려하던 너

잊히려는 너를 머릿속에 그리며
뜨거운 가슴을 열어
너를 그리워 그리워하고 있다.

| 봄나들이 |

화창하고 고운 봄빛이
나들이옷을 입혀 끌고 갑니다.

푸르고, 화려하게 곱게 물들어 가는 산과 들을
강 길을 따라 산길을 따라 끌리어 갑니다.

가다가 서서 가다가 서서
환하게 웃음 지으며 손짓하는 꽃을 바라보다
꽃 속으로 눈이 들어가 버렸습니다.

꽃 속에 가 버린 눈이 돌아오려 하지 않습니다.

| 은행잎 |

봄, 여름
이파리 푸르게 하늘을 덮고 지내다
산들바람에 이파리 흔들어
누렇게 익어 가고 있습니다.

찬 바람 일어나면 진한 향수에 젖어
샛노랗게 분칠한 얼굴 뽐내다가
시샘하는 바람결에 날리어져 버렸습니다.

가을 나들이 나온 소녀의 눈에
눈부신 노란 잎이 다가갑니다.

소녀는 공손하게 손을 내밀어
소중히 책갈피에 끼워 넣습니다.

피었다 가네

산과 들에
아름답고도 고운 꽃들이
화려하게도 피어 있네.

가는 바람과 불어오는 바람 사이로
따스하게 비추던 햇빛에 꽃잎은

고운 자태로, 매혹하게 향기 풍기며
벌, 나비 끌어들여 한세상 그리 살다가

바람이 시샘하며 세차게 비바람
몰고 와 고운 꽃 흔들어 날리어

떨어진 꽃잎은 비에 젖어
나굴어, 나뒹굴다 사라져 간다.

춤추며 산다

사는 것이 즐겁다.
살맛 나서 즐겁다.

오늘이 있고
내일이 오고

오늘이 있어 좋고
내일이 오기 때문에 좋다.

가슴의 문을 활짝 열고

춤을 추자.
춤을 추어

내일도 모래도 춤을 추자.
즐겁고 힘차게 춤을 추자.

| 철길 |

열차가 달리는 철길
집 마루에 앉아 보이는 곳
증기를 내뿜고 기적을 울리며
열차마다 때를 알리고 지나간다.

점심 먹어야겠다. 저녁 해야겠다.
저녁 통근차 가지 않아?

차가 오고 감에 초가집 굴뚝
연기 솟아올라 시장한 배 채워지고
따뜻한 구들장 위에 푸근히 잠들어 간다.

철로 위에 대못 침 발라 올려놓고
기차 지나가면 납작한 못으로 칼도 만들고

철로 위를 걸으며 수평도 잡아 보고
내일을 꿈꾸며 삶의 중심도 잡아 보고.

| 바람의 노래 |

빽빽한 산림의 숲속을
나붓나붓 흔들리는 빛깔이
파도처럼 출렁인다.
해맑은 바람으로

이파리 흔들어
가락이 절절히
밤공기를 타고 흐른다.

오늘 밤
바람의 노래를 듣기 위해
굳게 닫힌 마음의 창을
활짝 열어 둬야겠다.

| 나는 지금 |

동반자와
은빛 머릿결을 치켜올리며
두 손 따뜻하게 잡아 주며
건들바람[18] 부는 냇가에 앉아
정답게 손 씻고

물새의 서글픈
곡조에 장단 맞추며
시간의 발자국 따라
조용히 걷고 싶다.

희망으로 내린 새벽이슬
아침을 몰고 온 붉은빛 따라
밝고 환하게 걸어가련다.

---

18) 초가을 무렵에 선들선들 부는 바람.

세월 따라간다

부드럽고 고운 베일로
신비스러운 매력을 담아
화려하고 아름다운 젊음을
간직하고 유지하며 살려고 노력했는데

흘러가는 구름 같은 세월 속에서
육신은 조금씩, 조금씩 보이지 않게
굳어 가고

조금만 잘못 걸으면
교도소 같은 요양원 담장 안으로
떨어져 드러눕고

가는 길목마다 아픔을 노래하며
보이던 얼굴들이 사라져 간다.

| 가자 |

산으로 가자
머루도 먹고
딸기도 먹으러
산으로 가자.

냇가로 가자
고기도 잡고
수영도 하러
냇가로 가자.

학교에 가자
좋은 친구도 일구고
내일의 꿈을 키우기 위해
배우러 가자.

가자 직업전선으로
부모 공양하고
처, 자식 먹이고
키우기 위해
직장에 가자.

가자 가자
밝고 희망이 있는

생활의 터전인
일터로 가자!

가시버시(부부)

보일 것 같으면서도 보이지 않고
알 것 같으면서도 알 수 없는,
투박스러운 향이 감기어
풍기는 사랑의 맥줄

알알이 틀어박혀 시크름하고
보석같이 반짝이는
해밝은 등불

어둠을 뚫고 지나는 선박을 향해
빛을 발하는 등대

흐르는 시간 한 땀, 한 땀 떠서 엮어
넓고 넓은 사랑의 숲을 이루어 내는
가시버시, 사랑의 가시버시.

| 그런 사람 |

귀밑을 스치는 바람이 차갑게 다가와 손이 시리어
입으로 손을 호호 불 때 따스하게 손이라도 잡아 주는
그런 사람 있으면 좋겠습니다.

콜록콜록 기침이라도 하면 자기의 겉옷을 벗어 덮어 주며
따스한 물 한 잔이라도 권하는 그런 사람 있으면 좋겠습니다.

전화벨 소리가 들리면 혹 나에게
온 전화가 아닌가 하고 설레는 마음으로 전화기
있는 쪽으로 뛰어갈 수 있도록 전화벨 소리라도
울려 주는 그런 사람 있으면 좋겠습니다.

막차를 타고 돌아갈 때
정거장에서 내 모습 그리며
막차 앞에서 반갑게 맞아 주는
그런 사람 있으면 좋겠습니다.

자동차의 불빛이 내 앞을 스치고 지나
앞을 구분 못 할 때 길을 인도해 주는
그런 사람 있으면 좋겠습니다.

정말 좋겠습니다.

| 촛불 |

속살 내민 몸뚱이
생명인 심지는
심장을 관통하여 머리 위로 향하고
길게 쭉 뻗은 몸은
밝고 희어 눈부시구나.

서광의 재단에 바쳐져
붉은 피를 토하며 흐르는 눈물
어둠으로 쌓인 고독의 도가니를
밝은 빛으로 승화시켜
밝고 환하게 어둠을 잠재우는구나.

| 탄천 |

마른바람에 메마른 가지 흔들거리며
설한을 보내고 서 있는 버드나무

봄비를 맞더니
삼단 머리 길게 늘어트려
파란 마음을 가져와 하늘거린다.

바람에 흔들리는 가지 사이로
트인 하늘 내려다보이고

백로는 긴 다리이고
살금살금 먹이 쪽으로 향하고
잉어는 떼를 지어 비행단을
만들어 그늘진
버들가지 사이로 달아나고.

| 동트기 전 |

남보다 일직 치성을 드려야 공이 된다며
새벽에 찬물로 정갈하게 몸을 닦아 내시고
동이 트이기도 전에 사립문 열고 집을 나서

풀잎에 맺힌 이슬 옷자락으로 털며

좁은 오솔길을 따라 산마루를 넘어
고즈넉하게 자리한 절

법당 문 열고 합장하며 들어가
두 손 모아 3천 배를 하며
가족 건강, 자식 잘되길 염원하는

그 마음
나는 보았다.

어머니의 마음을.

| 조개껍데기 |

곁을 떠난 알몸 못 잊어
이리저리 떠돌아다니다

외롭고 허전함을 달래러
구석진 모래톱에 기대어

갈매기 울음소리 듣다가
파도 소리 듣다가

오늘도 바다 곁을
떠나지 못하고

돌아보고
돌아다보고.

| 눈꽃송이 |

하얀 송이 꽃송이 눈꽃송이가
살랑대며 사뿐히 내려옵니다.

가슴을 열어 추억을 더듬어 보라고
보드랍고 차갑게 내려옵니다.

어린 시절 같이 놀던 친구들을 생각해 보라고
기쁜 일 슬픈 일 생각해 보라고 조용히 내려옵니다.

하얀 솜 꽃송이 눈꽃송이가 좋은 기억들을 포근히 감싸
덮어 두려고 온 세상을 하얗게 덮어 놓습니다.

| 원근법 |

가까운 것은 멀어질 수
있다는 것이라고,

먼 것은 가깝게
다가올 수 있다는 것이라고,

너와 내가 손잡아
그리기에 달려 있다는 것이라고.

| 설날 |

어릴 때는 설날을 기다리고 기다렸는데
가지고 싶은 것을 가질 수가 있어서

이제는 기다려지고 기다리던
그런 날은 아니더라.

수많은 일상으로 나이의 탑을 쌓아 올려
인격이 성스럽게 변한다 해도

투명하지 못한 유리를 통과할 수 없는 햇빛같이
돌아오고 다시 돌아와 다시는 돌아갈 수 없는
세월의 미량아가 되어,

세월에 지친 몸뚱이는 거친 숨 내쉬며 힘없이
끌리어 가며 투덜거리고 흰머리와 쭈글쭈글한
얼굴은 지난 세월을 탓하며 탄식만 한다.

새겨진 노래

시간이 지나고 지나도 뇌리에서 지워지지 않고
진한 향수에 젖어 있는 노래가 있습니다.
전북의 노래는 청소년기에 배워 익히 아는 노래에다
도내 어디서나 들었던 노래인지라 정말로 잊히지 않습니다.

전북의 노래

노령에 피는 햇살 강산은 열려 금만경 넓은 들에 펼치는 물결 복 되라
기름진 땅 정든 내 고장 억만년 살아 나갈 정든 내 고향 깃발을 올려라
힘을 빛내라 밝아 오는 내 나라 우리 대전북

노령산맥을 넘어 피어오르는 햇살이 김제와 만경 벌에 비추어 내려
기름지고 풍요한 땅을 만들어 억만년 서로같이 굳게 살아가리라는 희망
을 불어넣은 가사와 박자가 씩씩하게 가슴에 와닿았습니다.

| 중심 |

내일을 열어 가는 동력의 기둥이며
마음과 마음을 이어 주는 사랑의
연결 고리 철길

철로 위를 걸어 보셨나요?
서너 발은 걸을 수 있지만
바로 떨어지지요.

양팔을 벌려 중심을 잡고 걸어 보세요.
상당히 걸을 수 있습니다.

이 힘든 세상살이 아무 생각 없이
살다 보면 절벽으로 떨어져
낙오자가 됩니다.

삶의 균형을 유지하기 위해
한시도 흔들림 없이 중심을
잡고 살아가야 합니다.

| 가야 하리 |

높은 곳을 가려면
고개를 좀 숙이고
낮은 자세로 걸어가야 하리.

앞도 보고
뒤도 돌아보며

숙덕거리는 길은 피하고
조용한 길로 가야 하리.

모략과 계략이 있는 길은
조심조심 살펴 가야 하리라.

| 친구 |

들고양이처럼 이곳저곳을
함께 뛰어놀던 어린 시절의
개구쟁이들

땅깨비 메뚜기 잡으러 다니다
남의 호박 넝쿨 짓밟아 놓았던
말썽꾸러기들

어깨를 견주며 꿈을 먹고 자라던
학창 시절의 가다들

폭풍의 지난 세월이
어지럽게 다가와
마음속을 파고들다 사라져 갑니다.

| 맞불 |

그들만이
그들만의 생각에서
불을 내고
불을 지르고

맞불이
불이 확산되는 것을 막고
피해를 최소화시키려
놓는 불인가요?

아니지요.
꼴통들이
불리한 사실 감추려
상대방
흠을 잡아 놓는 불이지요?
맞지요?

| 전통 |

하나의 행위가 반복되어 흘러옴은
체계가 완성됨을 말함이요,
전통을 여는 길이리라.

잘 가는 것도 방향 설정이 잘못되면
이탈하는 것이요, 이탈하면 추락하는
것이리라.

움직이며 걸을 수 있다는 것은
살아 있다는 것을 말함이리라.

흔들림이 지속되면 그 뿌리도
지탱하기 힘들 것이다.

나의 영원함도 인간의 전통적
요인에 합리화될 수 없다.

| 행복 |

호스를 꽂고 누워 있는 환자를 봅니다.

스스로 걸어서 파란 하늘에 둥둥
떠서 흘러가는 구름을 바라보며 걸어갑니다.

풍요롭게 익은 가을 들녘을 걷다가
식욕을 느끼며 먹을 곳을 찾아갑니다.

두 날개를 펴 하늘을 훨훨 나는 새를 보며
팔을 저으며 산길을 따라 올라갑니다.

흐르는 땀을 닦아 내는데 아지랑이 같은
기운이 몸에서 솟아납니다.

| 고독 |

외로움이 뼛속까지 저리어 오고
고요함이 심장까지 파고드는 밤

말소리마다 힘없이 방 모서리를 돌고 돌아
뚝뚝 떨어져 나뒹굴고

핏기 잃은 창백한 얼굴은 창문에 매달려
문풍지를 흔들어 웁니다.

가슴을 밀며 울려오는 한숨 소리는
방 가운데에 짐짝처럼
천장을 이고 누워 버렸습니다.

鄙夫(비부)[19]

교만과 교활함이 온몸에 퍼져 버린
천하고 불쌍한 자여

그대 눈은 왜 이기심으로 가득 차 있고,
탐욕은 왜 뱃살까지 차 부풀어 오르고 있는가?

가슴에 도사리고 있는 아집은 꿈에서도 소리치고
몸부림치며 목줄을 시퍼렇게 움켜쥐고 울부짖는가?

---

19) 어리석고 천한 사람. 도량이 좁은 사람.

| 그림자 |

죽기로 달리다
발부리로 자갈돌 차 피 내며

불빛 내린 거리에서
지친 몸 이끌고
잠시 멈췄다.

건넛마을 개 짖는 소리
귓전으로 뛰어 들어와 울고

메마른 바람 소리 힘없이
눈꺼풀에 내려와 앉는다.

| 열매 |

땅이 하얗게 부풀던 지난봄,
이파리 움 틔우고

무덥던 여름 넓죽하게 이파리 펴
파랗게 살찌우며
가지마다 예쁜 꽃 지피더니

천둥 치고 비바람 몰아칠 때
잉태하였나 꽃이 아름답다 했더니
열매가 탐스럽고 알차구나.

꿈이야 어쨌든 결실을 봤으니
무슨 소원이 또 있겠는가?
모든 것이 고마울 뿐이지.

| 섬마 |

아기가
기다가

선다, 선다.
넘어진다.

일어서다
넘어진다.

섬마
섬마.

| 혈기 |

대나무 숲을 지나는 소리
발걸음을 재촉하는 소리

산허리를 넘나는 소리
등짐을 지고 달리는 소리

숨 쉼 없이 뜀박질하는 소리
울리는 소리 박동 소리.

| 오금동 |

강산이 오랑캐의 말발굽에
짓밟혀
핏물이 내를 이루고
육신이 강탈당할 때

위정자들은 강화도로
남한산성으로 피신하여
산천은 주인을 잃고
넋을 놓고 있을 때

버려진 백성들은 동네 어귀에
오랑캐 출입을 금지하는 금줄을 치고
끝까지 출입을 막은 동네
오금동!

오금동에 대한, 이해를 돕기 위해 그 역사적 배경을 간단히 설명하면,

우리 이웃인 중국에서 서기 1616년 누르하치가 여진족을 통일하여
후금이란 나라를 세우니 이를 두려워하는 명나라는 후금을 토벌할 군대
파병을 조선에 요청하였다. 이때 왕인 광해군은 만주 정세에 정통하여
명나라와 후금의 대립에 중립을 지키며 어느 한쪽에 치우치지 않았다.
그는 즉시 일만 삼천 명을 보내며 원병 대장에게 정세를 봐서 행동하라
는 지침을 주어 파병하였는데, 사르후 전투에서 명나라가 폐하자 즉시

항복하였다.

이에 왕(광해군)이 후금과 접촉하며 오랑캐에게 항복했다며 사대주의에 젖은 서인을 중심으로 명나라에 대한 의리를 저버리고 오랑캐와 통한 수치스러운 사태를 바로잡는다며 왕인 광해군을 몰아내고 인조를 왕으로 옹립하니 이게 인조반정(1623년)이다.

정권을 잡은 서인들은 숭명, 배금(崇明, 排金)사상으로 친명 일변도로 국정을 운영하자, 후금이 배후의 위협을 제거하기 위해 인조 5년 3만의 군대를 황해도까지 남하시켰다. 이게 정묘호란(丁卯胡亂, 1627년)이다. 조선은 이에 굴하여 형제의 의를 맺고 강화하였다.

그 후 후금은 내몽고를 평정하여 국호를 청이라 고치고 조선에 대해 명나라와의 관계를 끊고 청나라에 대한 신사(臣事)를 요구하자 이에 조정에서는 서인이 중심인 척화파 세력들이 청나라와 단교할 것을 주장하며 청나라에서 보낸 사신은 물론 국서도 거절하며 받지 않았다. 국교를 맺은 나라의 사신을 거절하고 국서 교부를 거절하는 것은 전쟁을 의미하는 것인데, 조선의 국력이 청나라를 이길 만한 힘이 있었는지 의아하다. 힘도 없으면서 사대주의에 사로잡혀 의리를 앞세웠던 척화파(斥和派)의 주장은 결국 전쟁(戰爭)을 불러왔다.

청 태종은 1636년 겨울 친히 10만 대군을 이끌고 조선 정벌에 나서니 이게 곧 병자호란(丙子胡亂 인조 14년, 1636년)이다.

인조는 당파 세력의 중심에 서 있는 서인들에 의해 반정의 산물로 왕이 된 자라 난을 평정할 의지도 신념도 없는 위인이었다. 청군이 서울 부근에 진입하자 황급히 남한산성으로 피신하였다.

남한산성(南漢山城), 성안에는 수비군 1만 3천여 명이 있었으나 큰 싸움은 없었으며 주화파와 이상주의적 명분론자인 척화파의 논쟁 싸움만 계속되는 가운데 왕은 수성 45일 만에 청군에 끌리어 나와 삼전도(서울 송파구 삼전동)에서 청 태종의 발에 이마를 조아리며 항복의 절차를 밟는 치욕적인 왕이었다.

청군이 남한산성에 있는 왕을 잡기 위해 길목인 지금의 송파구를 휩쓸고 다니며 마구잡이 사냥을 할 때 죽어 가는 백성의 피가 내를 이루고 사체가 산더미처럼 쌓여 있었다.

얼마나 혹독하고 괴로웠으면 오랑캐를 방어한다는 방이동(防夷洞), 오랑캐를 금지한다는 오금동이 그 지명으로 쓰였나를 생각해 볼 때 마음이 무겁고 한스럽다.

의리니, 명분이니 하며 국익과는 거리가 먼 이상주의적 명분론에 빠져 사대주의 사고로 국가의 위난을 자초한 지난 역사를 겸허히 받아들여 다시는 이런 일이 발생하지 않도록 가슴에 새기고 또 새긴다.

자기들 정파의 사고에 젖어 국익과는 거리가 먼 국정 운영으로 돌이킬 수 없는 위난을 자초하지 않기를 바라고 바란다.

삼전도에서 항복 절차를 밟은 후 이곳에 비를 세웠다.

유림들이 이 비석을 끌어다가 한강에 수장했는데 세월이 흐른 뒤 수치스러운 역사도 역사라며 그 비석을 뜻있는 분들의 요청에 의해 다시 그 자리에 세워 놓았다.

그러나 오금동을 '오동나무 오' 자에 '가야금 금' 자로 표기한다. 치욕적인 역사도 역사다.

| 나제통문 |

신라에서
백제

백제에서
신라

거리는 지척이지만

천 년의 세월 저쪽에서
쓰이던 말씨는 산허리 하나 넘지 못하고 있구나.

신라의 말과 억양이
무풍면에 고스란히 살아 숨 쉬고 있고

백제의 말은 설천면의
어느 아낙네의 입담 속에서
구수하고 감칠맛이 묻어납니다.

무주군의 무풍면과 설천면
옛 신라 땅인 무풍면에서 나제통문
지나면 백제 땅 설천면

나제통문 산허리 허약하고 가냘파
쓰러지고 넘어져 없어질 만도 한데

일그러진 연은 긴 세월이 지나도
사라지지도, 지워지지도 않고 살아
숨 쉬고 있네 그려.

| 존재 |

새벽이 눈을 뜬다.
솜털같이 부드럽고 고운 햇살이
밝고 하얀 햇빛이,

부끄러워 돌 틈 속에 숨어 있는
이름 없는 풀꽃을 더듬어 일깨우고

노루막이[20]를 그림을 그리며 흘러가는
구름을 짓누르며 사라지게 하고

알알이 초롱초롱한 얼굴을 드미는
이슬을 삼켜 버리는 너

너는 하나밖에 없는 생명의 빛
유일하게 존재하는 광명의 빛.

----

20) 산의 막다른 꼭대기.

| 소리 |

기쁘면 기쁘다고
슬프면 슬프다고
노랠 불러야지

파란 하늘 날며
지저귀는 종달새

짝 찾으려
가슴 맺히도록
외치는 산새들의 소리

단풍잎이 바람을 몰아내려
힘겨워 윙윙 울어 울고

시냇물이 소풍 나온
개구리 떼를 몰아내려
조잘조잘 힘겹게 울음 울고

오늘도 메마른 가슴을 흔들며
삶의 고뇌가 핏줄을 타고 울려온다.

그대의 향기

하얀 숫눈이 마음을 촉촉이 적시고,
다정하게 미소를 지으며
생글생글 환한 얼굴로 다가온다.

싱싱한 젊음이 가슴을 매만지며
하얀 살결을 유혹하고
상큼한 그대의 향기가 방 안에
가득 담겨 꿈틀거리며 웃고 있다.
지나간 세월

영글어진 흐름의 틈바구니에,
이루지 못한 낡은 꿈들은 수북이 쌓여 있고
그리움은 눈시울에 밀려와 울먹인다.

불꽃놀이

하늘에 화려하게 수놓아진
형형색색의 무늬 빛
젊음의 발걸음 되어
하늘로 솟아오르며
힘찬 기백으로 밤하늘을 뒤흔든다.

모든 것이 지난 시간의 언저리에
쇠퇴한 몸에서 풍기는 퀴퀴한 냄새와
매캐한 화약 냄새가 뒤섞여 유령처럼
밤하늘을 떠돌다 사라진다.

경배(敬拜)

유리창에 붙은 신장개업 안내문 사이로
머리를 단정하게 면도질한 돼지머리가

상 위에 샐쭉 웃음 띠며
입안 가득 지폐를 물고 좌정해 있고

돼지머리 앞에 공손히 서서
허리 구부리어 머리를 숙여 큰절을 한다.

살아 숨 쉬는 이성을 가진 머리가
죽은 머리를 향해.

落雲(낙운)

갯바람이 콧등을 스치고
모래바람이 눈가를 스치며 지나고

잔잔한 물 위를 갈매기가
헤엄치듯 날개를 저으며 한가히 날아간다.

갯바위를 지나 모래사장을 지나는데 다리가 풀려
백사장에 벌렁 누워 버렸습니다.

구름이 흘러갑니다.
한 움큼, 한 움큼 흘리고 갑니다.

뭉쳤다 흩어지고,
흩어졌다 뭉치더니

부드러운 새털을 그리다가
호랑이도 그리더니 너울너울
춤을 추며 사라져 갑니다.

| 촉 |

손발 시린 겨울 문턱을 넘어
목덜미를 타고 기어오르는 따사로움이
온 대지를 훈훈하게 품어 안는 시절

비탈진 내리막길 양지 틈 사이에서
삐죽 고개 내민 촉

하늘 복판 기웃거리며
바람을 유혹하여 햇살을 끌어와
몸을 부풀리며 본색을 드러낸다.

연한 초록이 점점 진해지더니
주변을 휘잡아 진한 녹색으로 옷을
갈아입더니만 이웃을 덮어 삼켜 버린다.

| 눈을 감고 |

흙바람 일으켜 검게 파묻힌 세월이
어둠 속으로 흘러들어 앞을 막고 있습니다.

때 묻은 일상을 잠재우려
잠시나마 눈을 감고 잔잔하게 흐르는
심도 깊은 소리를 가슴으로 듣고 있습니다.

미간에서 잔잔한 물결이 흐르고
웃음 띤 얼굴이 다가오고 있습니다.

| 고향 |

신작로가 고속도로로 변하고
한복이 양복으로 바뀌고
초가가 아파트로 변해
생활, 환경이 바뀌어도

고향은
때 묻지 않은 순수가 깃들어
내 영혼이 살아 숨 쉬는 안식처,

구부러져 처진 산허리,
조잘거리며 냇가를 흐르는 물,
살아 있는 모든 것들이 낯설지 않고
죽은 것도 달려와 반겨 주는 곳

빛바랜 석양의 노을도,
구름 속으로 들락거리던 달빛도
옛정에 끌리어 살며시 다가와
정답게 말을 걸다 사라져 갑니다.

맛보는 물맛도 변한 게 없고
새콤, 달콤합니다.

| 아침 |

사람들이 희미하고 가물가물 보입니다.
쾌쾌한 연기가 앞을 가려 잘 보이지 않습니다.
눈을 뜨고도 하늘을 볼 수 없고
썩고 썩은 냄새 때문에
입을 벌려 숨을 쉴 수 없습니다.

하늘의 왕궁이 평정되어
좋은 신하들로 구성된 집행부에 의해
소낙비를 내려 주기로 결정하였습니다.

소낙비에 뿌연 것이 사라져 하늘이 맑아졌습니다.
밝고 구김살 없는 햇살 사이로
정제된 맑은 공기가 아침을 엽니다.

다시 찾은 이 아침의 맑은 공기를 마음껏
들이마시고 있습니다.

사람을 잊은 밤이 오기 전에.

| 코스모스 |

흔들거리며 순박하게 미소를 지으며
환하게 웃음 짓는 자태는
눈에 넣어도 좋을 성싶습니다.

속살을 스치고 지나는 맑은 바람이
여린 몸뚱이를
선 채로 쓰러트려 버렸습니다.

꽃은 중심을 잡으려
향기로움을 뿌려 숨을 돌리고
구부러진 허리로 버티려다
가늘게 떨며 잠들어 갑니다.

| 별들의 노래 |

눈을 깜박이며 하늘이 쳐다본다.
별들이 눈을 둥그렇게 뜨고
쳐다본다.

하늘이
이글거리는
바다가 되어
뜨겁고 넓은 바다가 떴다.
눈을 감고 별들이 둥둥 떠 있다.

하얀 달빛 사이로
은빛 별들이 반짝이며
내 별들의 손을 잡고
눈을 크게 뜨고 다정히 흘러간다.

어둠이 파도처럼 밀려왔다 흘러가고
고독이 산맥처럼 나를 두르다가 밀려가
내 별들을 가슴에 거느리며
저린 마음으로 안도의 한숨을 삼킨다.

물안개

물줄기를 타고 오르는 물기둥은
불끈불끈 지피고 싶은 마음으로
가슴을 열어 운무를 뿌리며 다가가고

백조는 수면 위로 자욱이 피어오르는 안개 속으로
흰 날개를 저으며 흘러간다.
그리움을 이고 날개 위에 하얀 물꽃이 피어
숨을 죽이며 사라져 버린다.

같이 가는 것도 헤어져 가는 것도
사랑의 진리 앞에 고개 숙이고

피어오르는 물안개 사이로
날개를 펴
백조는 흥겹게 날개를 저으며 사라지듯 날아간다.

| 우리 딸 |

사람과 사람이 서로 만나고
만남은 우연만은 아니다.
옷깃을 스쳐도 인연이라 했다.

인연(因緣)이라는 것이 한 가닥 실오라기처럼
보일 것 같으면서도 잘 보이지 않지만
업과 업이 쌓이고 쌓여 결과가 필연적이라는 것이다.

네가 태어나던 날
하늘에서 내려 주신 눈이
세상을 온통 하얗게 덮어 놓았었지.

나무와 나무들은 하얀 눈이
보석들을 널어놓은 듯
반짝이고 반짝이며 빛을 발하고 있었지.

네가 태어남을 축복하고
축하하기 위해 하늘나라에서
내려 주신 선물이 아니겠느냐.

그렇게 축복받고 태어난 너를
귀중한 보물로 여기고
싸고 싸서 품 안에 넣었지.

안심해도 될 보금자리인
아빠 품에서 포근히 잠들어 있는
너는 천사 그 자체였지.

너의 이름을 지을 때 우리 집의 보배라 하여
집 우(宇) 보배 진(珍)으로 정한 것도
다 이런 맥락에서였다.
너는 우리 집의 보배이자 빛이다.

나아가 세계의 보배이며 빛이다.
모든 일상이
세계를 향해 발하는 기폭제가 되어
한 발 한 발 신중히 내딛기를 바란다.
세계의 빛 우주의 빛
우리 우(宇)진(珍)아!

| 반란 |

대한민국이라고 말하는데
한국이라고 쓰고,

선생님이라고 부르는데
쌤이라고 적는다.

출발하려 열차가 서성이며
숨을 고르고 있는가 했는데
종점에 와 있고

방금 일어난 사실이 천 리 밖에서
꿈틀거리며 일어나고 있다.

| 낙조 |

하루 종일 삶에
시달리던 해가

지친 몸 이끌고
저녁을 건너려다

헛발을 디뎌
바다에 떨어져
솟구치는 핏발이
하늘을 적시고

번지는 붉은 피는
바다를 물들이며
어둠까지 일깨워
밤의 그림자 따라
소리 없이 사라져 간다.

| 첫눈 |

겨울 문턱을 서성이며 휘날리는
눈발이 상큼하게 다가옵니다.

반갑고 즐거움에 다가가면은
쌀쌀하고 매섭게 다가옵니다.
따스한 빛이
찬 바람 녹여 내고

청순함은
쌀쌀함을 다독거려
소복소복 부드럽게
쌓여 갑니다.

| 희망 |

힘들고 억센 모진 풍파를
가슴으로 이겨 내고

험난하고 고된 삶을
곱씹으며 살아온 인생 앞에

파란 하늘 붉은 태양이
밝게 문을 열어 비추고,

내일의 행복을 항해 소망의 울타리 안에서
희망이란 이름으로 쑥쑥 자라고 있습니다.

| 가을밤에 |

오늘의 소박한 삶을
사랑스러운 밤공기가 뜨거운
가슴으로 안아 주고

세월을 이끄는 힘을 모아
퇴색되어 잊히려는 추억들을

하나하나 정성으로 엮어, 바람이
이는 거리에 만국기로 걸어

추억을 높게 휘날려 펼쳐 보리라.
적막이 도는 이 깊은 가을밤에.

| 봄노래 |

살랑거리며 훈훈한 바람이
졸졸 흐르는 물결 따라
파릇파릇 이파리 일깨우고

종다리 울음소리
산허리 맴돌며
하늘 높이 울려 퍼진다.

노란 잎가지 흔드는
따스한 바람결에
스미는 상큼한 봄 내음.

| 세월의 강 |

잊히려는 모든 것들이 가슴에 파고들어
뜀박질하며 요동을 치고 익은 세월이
고개를 숙이며 나를 잠들게 한다.

돌 틈에서 솟아나는 물은 심해로 흘러가며
구름과 만나 정답게 흘러가고

힘들어 칙칙폭폭 소리 내어 산허리 넘어가는
증기기관차의 울부짖음에 비가 올 것을
예측하여 대비하고

세월의 강을 임의 영혼과 나의 영혼이
다할 때까지 징검다리를 지나듯 손 맞잡고
조심조심 마음을 다하여 건너가자.

| 다짐 |

불굴의 의지와 활기찬 마음으로
용기를 앞세워 희망을 노래하고

나쁜 것은 버리고 좋은 것만
흐르는 세월에 담아

벅찬 감동의 나락을 휘감고 돌아
끝없는 삶의 굴레를 헤쳐 나가련다.

먼동이 트면 아침의 용광로에서
달궈진 붉은 해를 시우쇠 삼아
두드리고 다듬어 하루를 멋지고
훌륭한 작품으로 만들어 가꾸리라.

| 노다지 |

금을 채굴하는 금광에서
쏟아져 나오는 금빛에
어깨춤 속 노터치 외침이
노다지로 들려와 박히고,

내 여자야 손대지 마
나의 보물 노다지가 되어
가정에 헌신하는 당신
나는 가정의 파수꾼

흐르는 세월 속에
하루하루가 노다지가 되어
힘차고 즐겁게 살아갑니다.

| 분말 |

고창군 해리면의 끝머리
해안가 모래 턱에 해당화가
붉게 물들던 어느 봄날

여자가 태어나면 모래 세 말을
먹어야 시집간다는 분말이라는
마을에 사는 박 씨 어장에
갑오징어가 많이 잡혔다.

고기 망태기를 어깨에 메고
바다에서 손짓을 하며
오라는 그를 따라 냇물이
흐르는 물가로 갔다.

정종 술이 대병에 담겨 있고
망태기에 든 갑오징어를
칼질하기가 바쁘게 입으로 가져가며
사발에 따라 주는 정종 술?

처음 먹어 보는 정종 술이라
달짝지근한 맛에 잔을 자주
주고받다가 취해 해롱거리며
보냈던 그 시절

나는 잊을 수가 없습니다.

세월이 갈수록 뇌리 속에
추억으로 살아 숨 쉬고 있습니다.

동백꽃

겨울나무 동백나무
늘 푸른 가지 어깨 너머로
설한풍을 꿋꿋하게 이겨 내며
푸르게 서 있는 동백나무

푸른 잎 사이로 겹겹인 꽃잎
붉은빛으로 화려하게 뽐내지만
향기 없는 꽃을 이 추운 겨울에
누가 찾는단 말인가?
벌, 나비는 사라진 지 오래인데

붉고 환하게 물들인 동백 꽃잎에
겨울을 즐기는 동박새의 밝은 눈에
붉고 밝은 꽃이 눈에 들어 이 꽃에서
저 꽃으로 마음껏 즐기다 흥겹게
날아갑니다.

| 바람 |

따사롭게 부는 바람은 입가를 맴돌다
설한을 몰고 오는 차가운 바람과 함께
귓가를 스치며 지나간다.

바람,
바람이 부는 것은
바라는 것을 이루어지게 하려 부는 것이랍니다.

그래서 나는
우리 아이들이 잘 커서 마음먹은 대로
뜻하는 대로 이루어지게 해 달라고
바람을 불러 애원하며 부탁해 봅니다.

한 번 더 불러 볼까요.
바람아 불어라.
세상이 따뜻하고 살맛 나게 불어 다오.

남을 비방하지 말고 칭찬부터 하는
문화를 만들게 해 다오.

| 가을 소리 |

단풍 든 잎이 빛깔을 흔들며 바람에 휘몰려
처량한 울음 토하며 날아가고

기러기는 잿빛 날개 저으며
구슬프게 울음 울며 북쪽으로 날아간다.

된서리 맞은 잎은
온몸 움츠리며 하늘 향해 울부짖고

나는 휑한 나무를 바라보며, 빈 가슴에
붉은 미소로 모닥불을 지피며 아울러 흐르는
가을 소리를 듣는다.

| 의로움 |

꿈을 희망으로 키워 내며
오늘도 최선을 다하는 사람

불의에는 과감하고
의를 위해 혼신을 다하는 사람

남의 아픔을 자기의 아픔같이
따스한 애정의 온기를 전하는 사람

나도 이런 사람이고 싶고,
우리 모든 사람이었으면 좋겠습니다.

| 동그라미 |

세모가 동그라미와 같이 살면서
뾰족한 끝으로 동그라미를 찌르며
투정 부리면

동그라미는 환하고 밝은 얼굴로
다독거리며 손잡아 웃음 주고

길을 걷다 세모의 모난 끝이
길모퉁이에 걸리면 동그라미는
세모의 뾰족한 귀퉁이 펴 어깨를
나란히 하며 사이좋게 걸어갑니다.

동그라미는 둥근 얼굴 밝은 얼굴로
오늘도 세모를 향해 빙그레 웃음
지으며 행복하게 살아갑니다.

| 폭포 |

조그마한 골짜기에서 흐르던 물이
꼬불꼬불한 長林(장림)의 숲을
더듬고 헤치며 앞길을 항해
앞을 항해 전진한다.

앞을 가로막는 바위를 휘돌아
이곳저곳에서 힘차게 몰려오는 거센 물살들,
정답고 다정하게 도란도란 이야기를 나누며 흘러간다.
앞서고 뒤서며 모여든 이곳, 저곳의 물줄기와
물줄기들, 편 가름 없이 하나로 똘똘 뭉쳐
젊은 기상의 화음을 하나로, 천 길 낭떠러지를
우렁차고 힘차게 함성을 지르며 뛰어내린다.

| 하얀 밤 |

그윽하고 고요한 밤에
하얀 마음에 진심을 담아
소곤소곤 살며시 아련한 침묵으로
포근히 적시어 오네요.

해맑은 웃음을 담아
조용히 미간으로 흐르고

무거운 밤공기를 포근히 감싸며
하얗게, 하얗게
밤새도록 뿌려 주네요.

| 계절 |

계절은 그 계절다워서 좋다.
추워서 좋고 따사로워서 좋고

바람도 쉬어 가는 고개턱에서 이마의
땀을 닦아 주는 시원함도 여름이어서 좋다.

추위를 이겨 내는 봄기운은 따사롭게
가슴에 다가와 마음을 열게 하고

하늘거리는 고추잠자리 날개 사이로
파란 하늘이 흔들거리며 햇빛도 기울어
날개에서 이는 바람도 시원하고 경쾌하다.

| 굴곡의 세월 |

내 삶의 흔적들이 묻어나는
굴곡 마디마다 내 젊음은 불끈불끈
굵은 함성 속으로 나굴어 뒹굴고

공허한 마음이 세월의 무게를 감당치 못하고,
방황의 늪을 빠져나오지 못하며 허우적거릴 때
꿈틀대는 속내는 바람이라도 따라가자는구나.

보이는 것도 들리는 것도 나의 생각의 범주를
떠나지 못하고 귓속에 맴돌고 돌아 다시
들려오는 메아리인가 보다.

| 굳은 신념 |

밝고 하얗게 하늘거리던 바람과 구름이
정답게 만나 사랑의 씨앗을 가슴에 품고
삼팔선을 넘으려다 차가운 바람에 가슴을
여미며 되돌아오고

한들거리며 흔들거리는 바람의 유혹에 끌리어
따라가던 비둘기도 싸늘한 철선을 넘으려다
날갯짓을 남쪽으로 돌린다.

우리 해역에서 일본해 쪽으로 향하던 바람은 독도를 돌아
온기가 가득한 우리의 따스한 품에 평화롭게 안긴다.

밝고 정의로운 빛이 환하게 비출 때
태양은 사라지지 않고 영원함을 일깨우고
삶의 지향점이 곧게 서는 것이리라.

| 꽃 |

눈이 가는 곳, 시선이 쏠리는 곳
마음속 깊이 자리한 아름다움
그대는 아름다운 꽃이라

路花(노화: 길가의 꽃)도
젊기 때문에 손이 간다 하고
老花(노화: 늙은 꽃)에게
손이 가지 않는다 하지만

그대는 늙지 않고 영원하여
그대와 함께 다정히 손 맞잡고
꽃길을 항상 걸어가리라.